Jo Ellen Bogart

Tomás aprende a leer

Laura Fernández  Rick Jacobson

Editorial Juventud

Las ilustraciones para este libro fueron pintadas al óleo sobre tela.
Un especial agradecimiento a John y Henriette Ford, los modelos para Tomás y Julia.

Título original JEREMIAH LEARNS TO READ
Traducción de Christianne Scheurer
© de la traducción española
EDITORIAL JUVENTUD, S. A. 1998
Provença 101 Barcelona
1ª edición 1998
Depósito legal B-11.274-1998
ISBN 84-261-3066-6
Núm. de edición de E. J., 9.529
Impreso en España - Printed in Spain
Ediprint, Llobregat,.36 - Ripollet

Para todos aquellos que están descubriendo el placer de leer.
–J.E.B.

Este libro está dedicado a todos aquellos, jóvenes y adultos, que están
aprendiendo a leer, incluidos nuestros hijos Michael, Maite y Mercedes.
¡Un mundo maravilloso se abrirá ante vosotros!
–L.F. & R.J.

Tomás sabía construir una valla de troncos y sabía hacer una tortilla, pero no sabía leer.

Tomás sabía hacer una mesa de un árbol
y sabía hacer un dulce jarabe de su savia,
pero no sabía leer.

Tomás sabía cómo cuidar los tomates, los pepinos y las mazorcas de maíz para que crecieran hermosos, pero no sabía leer.

Conocía las huellas de los animales y las señales de las estaciones, pero no conocía las letras y las palabras.

—Quiero aprender a leer —le dijo
a su hermano José.

—Eres un hombre mayor, Tomás
—le respondió José—. Tienes hijos
y nietos y sabes hacer casi de todo.

—Pero no sé leer —insistió Tomás.

—Bueno —dijo José—. Pues aprende.

Quiero aprender a leer –le dijo
Tomás a Julia, su mujer.

–Eres maravilloso tal como eres
–contestó Julia mientras le acariciaba
la barba.

–Pero puedo ser aún mejor –replicó él.

–Pues aprende –le dijo su mujer,
sonriéndole por encima de su labor
de punto–. Así podrás leerme a mí.

–Quiero aprender a leer –le dijo Tomás a su viejo perro pastor.

El perro lo miró, y luego se echó en la alfombra, a los pies de Tomás.

Tomás pensaba: «¿Cómo puedo aprender a leer? Mi hermano no puede enseñarme. Mi mujer no puede enseñarme. Este viejo perro no puede enseñarme. ¿Cómo aprenderé?»

Tomás estuvo pensándolo un buen rato y al final sonrió.

A la mañana siguiente, Tomás
se levantó al salir el sol e hizo el trabajo
de la granja. Luego se lavó la cara
y las manos, se peinó el pelo y la barba,
y se puso su camisa preferida.

Desayunó unas tostadas y se preparó
un bocadillo para llevárselo. Después
se despidió de Julia con un beso
y salió de casa.

Encontró a un grupo de niños y niñas
que también iban por el camino
sombreado por los árboles. Cuando
los niños entraron en la escuela,
Tomás también entró. La señora García
sonrió al verlo.

–Quiero aprender a leer –le dijo.
Ella le indicó un asiento libre
y Tomás se sentó.

–Niños y niñas –dijo la maestra–,
hoy tenemos un nuevo alumno.

Tomás empezó por aprender las letras
y sus sonidos. Algunos niños le ayudaron.
En el recreo, se sentó debajo de un árbol
y enseñó a unos niños y niñas a imitar
el canto del carbonero y el graznido
de la oca, y les contó historias.

Pronto Tomás fue aprendiendo palabras.
Todos los días copiaba los ejercicios
en su cuaderno con esmero.

A Tomás le gustaba mucho que
la maestra o los niños mayores leyeran
en voz alta en clase. A veces dibujaba
mientras escuchaba.

Tomás estaba aprendiendo, pero también estaba enseñando. Enseñó a los niños a hacer tallas de madera con la navaja. Y a la maestra le enseñó a hacer mermelada de manzana y a silbar con los dientes.

Al cabo de un tiempo, Tomás ya iba
juntando palabras y escribiendo
sus propias historias. Escribió sobre
cómo se salvó una pequeña ardilla.
Escribió sobre el baño en el río.
Escribió sobre el día en que conoció
a su mujer.

Julia miraba cómo Tomás hacía
sus ejercicios en la mesa después de
cenar.

–¿Cuándo vas a leerme algo? –le preguntó.

–Cuando llegue el momento –le contestó.

Un día, Tomás se llevó a casa
un libro de poemas de la escuela.
Los poemas trataban de árboles
y nubes y ríos y ciervos ligeros. Tomás
lo escondió debajo de su almohada.
Aquella noche, cuando Julia y él se
fueron a la cama, sacó el libro.

–Escucha –le dijo.

Leyó un poema sobre suaves pétalos y dulce perfume de rosas. Leyó un poema sobre olas que rompían en la orilla del mar. Leyó un poema de amor.

Julia miró a su marido a los ojos.

–¡Oh, Tomás! –dijo–. Quiero aprender a leer.

–Mañana, después del desayuno, cariño –le respondió sonriendo. Y apagó la luz.